註東坡先生詩

卷三十八

嘉泰本出於王茇家無緣綷雲高樓
說汲古邃閣勞泝沿湯出一朝獲舊槧期茲門
野主人菁殘缺青門居士椽槧鉛書成仍整一
內孫文慤尚書誰識張霸偽夏后遂有連山藏
士嫻雅攻漁仲備遼爻相後先擣腸何止五千卷揮加
萬編煌煌秘本忽入手物有所好寧偶然卻將眼月照營
知後輩誣前賢吳戴鳳幾顛倒魚目明珠湯綴聯我
高齋睹瓌寶再拜有似襄陽顛倉曹紙本雖蠹蝕冀標叢
法猶龍騫由來神物有顯晦罥橫竊怵中丞
施註蘇詩編號二十泉出土珠騰海掩抑垂近百年頑公適示好
事者廬山面目開雲煙　閩中葉觀國題

乾隆甲寅冬得公惠州所作
偃松屏賛五十二字殘缺大
楷真迹十二月十九日方綱記

臈雪後荆溪陸致遠欽州馮
臨川樂宮譜金谿陳珪同
觀坡公偃松屏

註東坡先生詩卷第三十八

吳興施氏

吳郡顧氏

詩六十三首　起在儋耳盡北歸

過於海舶得邁寄書酒作詩遠和之皆粲然可觀子由有書相慶也因用其韻賦一篇并寄諸子姪

我似老牛鞭不動雨滑泥深四蹄重汝如黃犢走卻來

海叟山高百詠

傳燈所爲之語曰龍慈開彝雙真字嬰八不括若芥無二

仲三輔決錄蔣詡[illegible]下[illegible]三徑惟與羊仲求仲從遊二仲皆潛志逃名他年

汝曹笏滿牀唐崔琳傳每歲時宴于家以一榻置笏猶重積其上中

夜起舞踏破甕世傳小話有一貧士家惟一甕夜則守之以寢一夕心自惟念苟得富貴當以錢若干營田宅若干蓄聲妓而高車大蓋無不備置往來于懷不覺歡適起舞遂踏破甕故今俗間指妄想狂計者謂之甕算會當洗

眼看騰躍杜子美詩洗眼看輕薄莫指癡腹笑空

晉周顗傳王導指其腹曰卿此中何所荅曰此中空洞無物然足容卿輩數

譽兒雖是兩翁癖唐王勃傳父福畤諸子於韓思彥思彥武子有馬癖君有譽兒癖王家癖何多使勃出其文思彥曰生子若是可夸也

積德已自三世種尚書皐陶邁種德文選劉孝標辨命論于叟種德不遠勳華之高

豈惟萬一許生還杜子美羌村詩生還偶然遂

尚恐九十煩珍從禮記九十者天子欲有問焉則就其室以珍從

六子晨耕簞瓢出楊子回之簞瓢臞如之何

衆婦夜績燈火共韓退之詩燈火稍可親史記甘茂傳女人女會績女曰我無以買燭可分我燭 ……九……一幸……餘于……傒

春火

驗

之夢晉殷財而夢糞官而夢屍錢本故將得財而夢穢夢臭將

上元夜過赴僧守召獨坐有感

史君置酒莫相違漢東方朔傳上為竇太主置酒杜子美陪王侍御詩請公臨深莫相違回船罷酒上馬歸守舍何妨獨掩扉史記春申君傳楚太子出關時黃歇守舍靜看月窗盤蝪蜥爾雅蠑螈蝪蜥蝘蜓守宮臥聞風幔落蛜蝛毛詩伊威在室鄭氏云伊威委黍也此物家無人則然令人感思燈花結盡吾猶夢

消時女欲歸搔首淒涼十年事庾信詩淒怨情傳甘歸遺滿朝衣東方朔傳歸遺細一何仁也東坡在林時有上元侍飲詩去猶有傳柑遺細君

·海南人不作寒食而以上巳上冢予携一瓢酒尋諸生皆出矣獨老符秀才在因與飲至醉符蓋儋人之安貧守

老鴉銜紙飛

詩

茆直酒倉耳作居……操
德公往其渡沔……德心上咄入泪就不知何者去……七使公後登鹿門
山採藥不反**管寧投老終歸去**三國志魏管寧傳避難居遼東
文帝即位徵還聘注云傳子曰寧在遼東積三十七年乃歸**王式當年**
本不來漢王式傳詔除為博士時江公心嫉式式謙讓諸生曰我本不欲來諸
生強勸我意為孺子所辱遂謝病歸**記取南城上巳日木緜**
花落刺桐開番禺雜編木緜樹高二三十切類桐木二三月開花既
蘂為緜彼人續之為毯潔白如雪溫暖比刺桐樹似青桐而矮三四月時紅

樹蒸烟時士女競趨
花陰亦自江之偶也

新居

東坡至儋耳軍使張中請[illegible]
於行衙又別飾官舍為安居
計朝廷命湖南提舉常平董
必者察訪廣西遣使自過海
遂出之中坐黜死雷州監司
悉鐫秩遂買地築室為屋五
間儋人王介石為客於儋躬
泥水之役其勞甚於家隸故

詩逐　帝

遭厄史墓安 名以

有司稚以為 買心葬室為 乾堅弱

巷永陶淵明歸去來辭景翳翳以將入撫孤松而盤桓晝夕朝風雨

涼畦菊發新穎俯仰可卒歲漢貨殖傳丙氏俯有拾仰

有取史記孔子世家優哉游哉維以卒歲何必謀二頃史記蘇秦傳使

我有負郭田二頃豈能佩六國相印乎

五色雀 并引

海南有五色雀常以兩絳者為長進

隨區谷謂之鳳凰云久旱而見輒雨

反是吾卜居儋耳城南楊浮異物志儋耳南方夷也生則其頰皮連耳匡分為數支狀如雞腸纍下垂至肩故名儋耳見後漢書明紀注

嘗一至庭下今日又見之進士黎子雲及

其弟威家既去吾舉酒祝之曰若為吾來

者當再集也已而果然乃為賦詩

粲粲五色羽韓色 炎方

從青黃

璽立[illegible]四[illegible]今[illegible]

鑿者毛詩惠然又見此鑿 英[illegible]

梧桐不棲非竹實不食 鏘之如玉佩 左傳鳳凰于飛和鳴鏘鏘毛詩

佩玉鏘鏘番禺紀編五色雀之音聲鳥每樂作有聲如鼓者著瑣者留者者旅者滿山

嘈囋以而自罷 意欲相嬉娛寂寞兩黎生 楚辭九歎幽靈

空以寂寞 食菜真臞儒 漢司馬相如傳列仙儒居山澤間形容甚

小園散春物 謝玄暉詩春物方駘蕩 野桃陳雪霄

飛霰若水雪白樂天詩雪會花皃參差是 峰杯得一笑見

鸞翮有清如飛仙 文選孫興公天台賦暢超然之高情

握粟呼 毛詩交交桑扈率場啄粟握粟出卜自何能穀 胡為去

来眷眷豈屬吾 白樂天酬慕巢尚書詩與愧尚書情眷眷 回翔

天壤間 楚辭九懷高回翔兮上臻晉王凝之妻謝氏傳不意天壤之中乃有王郎

何必懷此都 史記賈誼弔屈原賦歷九州而相其君兮何必懷此都也

倦夜

倦枕欹

夜

如夜

右循履戍月長滿

白旅懷空自清　盈織之

庾信曹美人歌紆無機織孟東野樂府脂由有盡織

用過韻冬至與諸生飲酒東坡云將吳皆

坐客其餘皆即事實錄山

小酒生黎法番禺雜編黎人在海南山洞中一日熟黎亦供州縣之役

又有生黎所居洞深百餘里善登木如猿猱乾糟瓦盎中芳之

知有無洞瀝取無窮凍醴寒初泣晉佛澄

然□□□詒暖更餘家主詩有饒篕飡□
流　　　氏云饒滿篕𩚵
兩樽合醉笑一歡同孟東野夜集詩里□一樽歡暫同
栽山北文選謝靈運鄴中詩貧居晏里閈少長東平田園震澤
東歸期郍敢說安許不曾通鶴鬢驚全白
犀園尚半紅陸務觀云故事謫散官雖別駕司馬皆封賜如故宋尚書
本郎時詩云粉明不巾𢃄儋黃緋金魚元生時謫瓊州別故用犀園向半紅之句
至□戶參軍副番內□戶副倩□□□□花拜□□公
主簿又□□□□□□□□□
民□涌□□□□□□□

斫霜叢説 … 不不

竊食 襭子頻頻斷而賊夫 數數然 亦又

莊子逍遙遊篇列子御風而行泠然善也旬有五日而後反彼於致福者未數數然也

河伯方夸若 莊子秋水篇秋水時至百川灌河於是河伯欣然自喜以天下之美為盡在己順流而行至於海於是始旋其面目望洋向若而歎

靈媧自舞馮 漢司馬相如傳大人賦使靈媧鼓琴而舞馮夷

歸塗陷泥淖 左傳相違於淖漢韋玄成傳天雨淖注云淖泥也

炬火燎達曉

上王文度 晉王述傳述愛子坦之長大猶抱置膝上坦之

庾家傳張長公 漢張釋之傳子摯字官至大夫免以不能取

當世故終身不仕 和詩仍醉墨戲海亂羣鴻 韋墨

梁武帝評鍾繇書如雲鶴造天羣鴻戲海

縱筆三首

寂寂東坡一病翁 晉桓温傳為爾寂寂將為文景所笑 白須

蕭散滿霜風 文選謝玄暉出者詩也得蕭散 小兒誤喜

朱顔在一笑郎 樂天詠 鈍陰

消搜絕頂又如無

邊下路注 文

北船不到米如[illegible]半月無[illegible]遠游

章山蕭條而無獸 明日東家當祭竈隻雞斗酒定

膰吾漢孫寶傳入舍祭竈請比鄰後漢橋玄傳斗酒隻雞過相沃酹孟子膰肉不至不稅冕而行

貧家淨掃地

貧家淨掃地貧女好梳頭下士晚聞道老[illegible]

下士聞道大笑之莊子漁父篇早湛於人偽而晚聞大道也 聊以[illegible]

修竹明月佳客文選陸士衡詩俯觀嘉客一飯相

杜子美詩一飯未嘗留俗客數篇今見古六詩春炊勿草草毛勞

草草杜子美園人送瓜詩種此何草草此客未易諭晉謝安傳頗見

我有此客不左傳吾未可諭也注諭薄也漢韓信傳莫不輟作怠惰靡衣媮食傾耳

以待命慎勿用勞薪晉荀勗傳嘗在武帝坐進飯謂人曰此是勞薪

所炊帝遣問膳夫乃云實用故車脚世服明識感戎如薰蕕左傳

僖公四年晉卜薰一蕕十年尚花[illegible]一杜子

齋

吳[illegible]湖州人

制[illegible]所居[illegible]稱與

子[illegible]書曰白雲在天引領何

及東坡以其言而知之一見

論出世間法嘗著養生論一

篇為子野出也與游二十餘

年南遷至真揚間見子野無

一語及得喪休戚事獨告坡

曰邯鄲之夢猶足破妄而歸

真目見而身履之亦可以少

悟矣去幾南歸訪東坡於市

過子由於循坡徙儋耳子[illegible]

又從之為作遠遊庵銘後

北歸遇疾而殂以文祭

嗚乎子野道與世違寂[illegible]
求闔門無憀兀爾坐忘[illegible]
子微或似壷子杜氣蔑機
人幾已忘其渴飢送我北[illegible]
中道敝衣有疾不藥但却甘
肥問以後事一笑而塵子野
昔從李士寧縱遊京師與藍
喬同安曾魯公家甚久故子
由詩之慣從李叟遊都市久
伴藍喬醉畫堂蓋謂是也

馬跡車輪滿四方 左傳昭公十二年昔穆公欲肆其心周行天下将必有車轍馬跡焉 共為[illegible]必[illegible]之左
元放後[illegible]洪左[illegible]

江今蒼茫區飭至今人

江家宅江滄青山櫻荊三么青台鳥蹄蹬上一珠鳥石文子叙兮如何苔積網羅謝家語燕集華堂劉禹錫烏衣巷詩舊時王謝堂前燕飛入尋常百姓家

先生笑說江南事祇有青山

繞建康九域志江寧府天禧二年為建康軍節度

被酒獨行徧至子雲威徽先覺四

黎之舍三首

半醒半醉問諸黎竹刺藤梢步步迷

竹寒沙碧浣花谿
摘刺藤梢咫尺迷
但尋牛矢覓歸路

牛欄西復西

總角黎家三四童王宦詩總角之宴言笑晏晏口吹葱葉

送迎翁莫作天涯萬里意文選古詩相去萬餘里各在天一涯

谿邊自有舞雩風論語風乎舞雩詠而歸

符老風情奈老何文選孔德璋北山移文風情張日白樂天答盧得詩風情雖老未全消漢武帝秋風辭少壯幾時兮奈老何

蒼顏感盡鬢絲多白樂[illegible]一衣來須鬢[illegible]

[illegible]報椒新首[illegible]

云是日[illegible]侯鯖錄云東坡在[illegible]大[illegible]行歌田間隈蓋有遍也續[illegible]年[illegible]十謂曰內翰昔日富貴一場春夢坡然之里人因呼為春夢婆

夜燒松明火

歲暮風雨交杜子美詩雞鳴風雨交客舍悽薄寒楚辭宋玉九辯憯悽增欷兮薄寒之中人夜燒松明火宋書顧歡好學而貧夕則然松節讀書照室紅龍鸞文選顏延年祭屈原文連類龍鸞快熖初煇煌碧煙稍團團本草松樹皮衣名艾納

香曉其煙團聚青白可愛幽人忽冨貴蕙帳芬椒[illegible]
孔德璋北山移文蕙帳空兮夜鶴怨山人去兮曉猿驚珠煤綴屋[illegible]
香蘤流銅盤本草松脂唐本注云松取枝燒其上下承取汁名蘤蘤音
誚坐看十八公會稽録丁固夢松生腹上有解之者曰松字十八公
也後十八年果為三公俯仰尽燼殘齊奴朝爨蠟晉石
崇傳小字齊奴常以蠟代薪萊公夜長歎歐陽文忠公歸日録寇萊
公自少年冨貴不點油燈雖寢亦然燭達旦每罷官去後至官舍見廁溷間燭淚
在地往往成堆海康無[illegible]物[illegible]盍酉[illegible]蘭[illegible]州海[illegible]
[illegible]焉

序一歲八

流老呂舊說[illegible]今言乃驗二

首

神宗元豐四年澶州言河决
小吳埽詔東行河道已填淤
不可復更不修閉上曰淩
谷遷變雖神禹復出亦不能
強蓋水之就下者性也哲
宗元祐三年知樞密院安燾
等疏議回河東流平章重事
文忠烈中書侍郎呂正愍從
而和之力主其議子由在西
掖言於右僕射呂正獻曰[illegible]
決而北先帝不能回而[illegible]
公欲回之是自謂過

也元豐河決導之北流其舊偕其未備乃欲取古
之正獻曰當與公籌之然莫能奪其後遂興議論紛紛
至於累歲東坡嘗侍上讀祖宗實訓因及時事曰黃河
勢方北流而強之使東當軸者恨之四年八月于由在翰
林弟以疏論必非未決有曰臣兄軾前在經筵因論黃河
等事為水人所疾迹不自安遂求引避八年予由為門下
侍郎呂正愍為左相范忠宣為右揆安持之偉為水官
予由居　上前宣仁　公共去河

[illegible]

小歲[illegible]云寧作[illegible]

竹註後題知此句[illegible]

仲先發海[illegible]無秔秫本[illegible]縱筆寺云北[illegible]不到孝如珠

此詩之典衣剩買河源米河源縣屬惠州當是秔秫所產也

老夫仍棲隣海村夢中時見作詩孫天涯巳慣逢人日荊楚歲時記正月七日為人日歸路猶欣過鬼門九域志容州鬼門關漢伏波將軍援討林邑蠻路由此立碑石龜尚[illegible]韓退之贈張十一詩念君又署南荒吏指鬼門幽更夐讁云若渡鬼門關十

不迴

三策已應思賈讓 漢溝洫志待詔言治河有上中下

孤忠終未赦虞翻 三國志吳虞翻傳孫積怒徙翻交州十餘

典衣剩買河源米 杜子美曲江詩朝回日日典春衣每日江頭盡

醉歸

屈指新篘作上元 白樂天嘗酒詩一甕香醪新押篘

不用長愁挂月村 杜子美東屯月夜詩月挂客愁村

檳榔生子竹生孫 鄭玄周禮注孫竹枝根之末生者東坡云海南勒竹每節生枝如竹笋大盧竹孫也

新巢語燕還窺硯 杜子美詩頻來語燕定新巢鄭谷燕子[illegible]中窺水[illegible][illegible]花[illegible]

雨來人不

[illegible]門[illegible]杜[illegible][illegible][illegible]

吉雨來今春去 而不來

里闕文陽孤燕見鶏 峴詩 鷗鷺

花秋 水明 此生念念隨泡 金剛經一切 亭法如夢幻泡影

莫認家山作本元

庚辰歲正月十二日天門冬酒熟

予自漉之且漉且嘗遂以大醉二

首

自撥床頭一甕雲 白樂天贈吳丹詩南山 入舍下酒甕在床頭

幽人先已醉濃芬天門冬熟新年喜 許

隊真人洞中記云天門冬釀酒服之去三蟲伏屍輕身益氣令人不飢

春香並舍聞 杜子美嚴二別駕詩聞道安麴米春纔傾一盞即醺人

藥圃漸疎花漠漠竹扉斜掩雨紛紛擁裘

睡覺知何處吹面東風散縠紋 杜子美東屯詩步螢

風吹面

載酒無人過子雲 漢楊雄傳云子雲人希至其門好事者時載酒

青從游學手來家醞有奇臥

方舍人辨王讀邦氏之職…且立偉

蓬為蜷芋邦之周以柯古

鷓鴣但[illegible]聞

鵜無弄所謂如[illegible][illegible]被也自 詩猶

白樂天齋月靜居詩杜出世口業尚綺詩子 眼花酒向然煞

美飲中八仙歌知章騎馬似乘船眼花落井水底眠 煞燈更試淮南

語汎溢東風有縠紋 淮南子東風至而酒汎溢高誘注云酒汎

謂米麴之沈者風至而沸動許氏注云酒汎清酒也東風震方也木味酸相感故

也

追和戊寅歲上元

春鴻社燕巧相違 禮記月令孟春之月鴈來鄭氏云自南方

将出反其居也仲春之月命民社玄白鳥至鄭氏云燕也燕以施生時来

峯頭白板扉 白樂天詩晝扉扃白板夜擣黄梁王維田家詩雀乳青苔井雞鳴白板扉

石建方欣洗牏厠 漢石奮傳長子建為郎中令每五日洗沐歸謁親入子舍竊問侍者取親中帬厠牏身自澣洒

姜龐不解歎蠨蛸 後漢列女傳廣漢姜詩妻同郡龐盛之女也詩事母至孝妻奉順尤篤毛詩伊威在室蠨蛸在户伊威委黍也蠨蛸長蹄也箋云此物家無人則然令人感思

一龕京口吳介春 建安實録孫権於方志云謂

鐵又京一门患謂之京一史記

岩始開京口而泉旨

妾文輩境蒙利

珠無復有八　晶生章

妾獨與妻居章疾病外牛衣中非止妻只涕泣後章為宗北欲上封事妻曰人當知足獨不念牛衣中涕泣時耶果下廷尉獄既死妻子皆徙合浦采珠致產數百萬注云牛衣編亂麻為之即今俗呼為龍具者

題過所畫枯木竹石三首

老可能為竹寫真謂文與可杜子美丹青引必逢佳士亦寫真

小坡今與石傳神晉顧愷之傳傳神寫照正在阿睹中山谷

自覺菩提長心鏡都將付臥輪傳燈錄輪禪

云卧輪有伎倆能斷百思想
對境心不起菩提日日長

散木支離得自全莊子人間世篇匠石之齊見櫟社樹曰散木也又支離其身者猶足以養其身終其天年況支離其德者乎交柯蚴蟉欲相纏漢司馬相如傳青龍蚴蟉於東廂不須更說能鳴鴈要以空中得盡年莊子山木篇夫子出於山舍於故人之家故人喜命豎子殺鴈而烹之豎子請曰其一能鳴其一不能鳴請奚殺主人曰殺不能鳴者明日弟子問於莊子曰昨日山中之木以不材得終其天年今主人之鴈以不材死先生將何處莊子笑曰周將處夫材與不材之間材與不材之間似之而非也

盡年

仙有遊[illegible] 賦[illegible]

恭惟吾長身

猶得似淇園 毛溝[illegible]淇園之竹以為[illegible]　緑[illegible]猗[illegible]

真一酒歌并引

布筭以步五星不如仰觀之捷吹律以求中聲不如耳齊之審鉛汞以為藥策易以候火不如天造之真也是故神宅空樂出虛蹋蹻者以氣升孰能推是類以求天[illegible]之藥乎於此有物其名曰真一遠遊先

方治此道不飲不食而飲此酒食此藥

此堂予亦竊其一二故作真一之歌其辭

曰

空中細莖插天芒不生沮澤生陵岡漢匈奴傳遺高后書曰生於沮澤之中莊子青青之麥生於陵陂涉閱四氣更

六陽森然不受螟與蝗爾雅食苗曰螟食葉曰螣食根曰蟊食節曰賊四者皆蟲也說文蝗螽也[illegible]飛龍御月秋

涼周易乾九飛龍御月

大旋　勳二

清沒十照

作十亭聊法

弄沙門世世生生有病緣六十衣
祇恒有一比丘患牛呞病為長者輕笑佛

為置數珠令家誦呪長者子
後遇之知其誦經遂絕輕笑動搖天關

出璚漿黃庭經三關之中精氣深口為天
關精神機楚辭宋玉招魂章華酌

既陳有
瓊漿壬公飛空丁女藏韓退之陸渾火
詩女丁婦壬傳

世
婚三伏遇井了不嘗釀為真一和而莊三

杯儼如侍君王李太白詩三杯通
大道一斗合自然湛然六

照非楚狂列仙傳陸通者楚狂接輿也
養性遊諸名山嘗遇孔子而

曰鳳兮鳳兮何德之衰

終身不入無功鄉唐王績字無功醉鄉記

汲江煎茶

活水還須活火煎因話録李兵部約謂人曰茶須緩火炙活火煎自臨釣石取深清活火謂炭之焰也大瓢貯月歸春甕小杓分江入[illegible]缾茶雨已飜煎處脚茶録凡茶少湯多[illegible]脚散湯少茶多即[illegible]松風忽作[illegible]時

聲枯[illegible]易[illegible]

[illegible]

卒

馴隨

人皆驚[illegible]為作此詩

烏喙本海獒（爾雅犬四尺為獒）幸我為之主食餘已瓠肥（漢張蒼傳肥白如瓠）終不憂鼎俎晝馴識賓客夜悍為門戶（魏賈岱宗狗賦其所折伏款主識人晝則無窺窬之客夜則無姦濫之賓）知我當北還掉尾喜欲舞跳踉趁童僕吐舌喘汗雨長橋不肯躡徑渡

深浦拍浮似鵞鴨登岸劉劉搋霓（毛詩闕……如搋……）

肉亦小疵漢蒯通傳里婦云昨暮夜犬得肉鞭箠當

再拜謝厚恩天不遺言語元微之望雲騅歌色沮聲悲

天許天不遺言君未識何當寄家書黃耳定乃祖晉陸機傳有駿犬名黃耳既羈寓京師以無家問乃以竹筩盛書繫其頸犬尋路南走遂至其家得報還洛因以為常

澄邁驛通潮閣二首

倦客愁聞歸路遙樂府倦客眼明飛閣

俯長橋文選賦

青林沒

[illegible]欲[illegible]

巫陽招其魂[illegible]

離散汝筮與之陽[illegible][illegible]掌夢上帝其命難從若必筮予之恐後之謝不能復用巫陽焉乃下招曰云云

杳杳天低鶻沒處青山一髮是中原韓退之寄元十八詩乘潮簸扶胥近岸指一髮杜子美成都詩鳥雀夜各歸中原杳茫茫

洞酌亭并引

瓊山郡東衆泉觱發然皆洌而不食丁丑歲六月南遷過瓊始得雙泉之甘於城

東北隅以告其人自是汲者常滿泉
咫尺而異味庚辰歲六月十七日遷于
浦復過之太守承議郎陸公求泉上之亭
名與詩名之曰洞酌其詩曰
洞酌兩泉挹彼注茲（毛詩洞酌彼行潦挹彼注茲）一缾
之中有澠有淄（列子仲尼篇曰將奕者先辨淄澠張湛曰淄澠水異味既合則難別上又[illegible]符篇孔子曰淄澠之合易牙嘗而知之）以瀹以烹
衆喊莫齊自
江之海一迂

我不□我

六月

參橫斗轉欲三更 古今樂録善哉行 沒參橫北斗闌干 苦雨終風也解晴 左傳昭公四年春無凄風秋無苦雨 毛詩終風且霾 雲散月明誰點綴 晉謝重傳嘗侍會稽王道子坐于時月夜明淨道子歎以為佳重率爾曰意謂乃不如微雲點綴道子因戲曰卿居心不淨乃欲滓穢太清邪 天容海色本澄清 韓退之詩水色與天容拂曉皆淥淨 韋應物郡齋感秋詩池水晚淥清 空餘魯叟乘桴意 論語子曰道不行乘桴浮于海 粗識軒轅奏樂聲 莊子天運黃帝張

之樂於洞庭之野

九死南荒吾不恨（楚辭屈原離騷雖九死其猶未悔）茲游奇絕冠平生（陶淵明和郭主簿詩陵岑聳逸峰遙瞻皆奇絕）

自雷適廉宿於興廉村淨行院

荒涼海南北（李賀金人辭漢歌攜盤獨出月荒涼）佛舍如雞棲（後漢陳蕃傳車如雞棲馬如狗）忽行榕林中跨空飛栱枅當門冽碧井（周易井冽寒泉）洗我兩足泥高堂磨新斲（楚辭招䰟室家字[illegible]）

詩
斗覆百舌愈
商墻興章息如
十葉慷慨則若

為半日稽晨登一葉與韓退之湘中詩共送清湘一葉舟

醉兀十里谿白樂天對酒詩悠然年醉兀兀醒来知何處

歸路老更迷杜子美詩山晚浮雲合歸時恐路迷

廉州龍眼質味殊絕可敵荔支

龍眼與荔支異出同父祖番禺雜編龍眼子樹葉俱似荔支但子圓小止淡黃一色廣人多呼為亞荔支

端如甘與橘未易相可否異哉西海濱琪樹羅玄圃唐文李華

光殿賦瑤域粉野琪樹森列十洲記畢崑崙山三角其一正西名玄圃臺

似桃李一一流膏乳嶺表録異龍眼肉白帶漿其甘如蜜

疑星隕空左傳莊公七年夜中星隕如雨又恐珠還還浦後漢

孟嘗傳為合浦太守去珠復還圖經未嘗說韓退之詩頭借圖經將入

界欲逢佳處便開看玉食遠莫數尚書惟辟玉食獨使皴皮

生弄色映瑚俎高適人日寄杜二詩柳條弄色不忍見蠻荒

非汝辱幸免妃[illegible]汗楊妃外傳嗜生荔支[illegible]每致馳驛以獻

合浦合 [illegible]

飛

此……玉……
公不來來……蒙昧……一墨盛作

樂事歸後……宿
三年八月廿日

孤雲出岫豈求伴 陶淵明歸去來辭雲無心而出岫 錫杖凌空自要飛 柳子厚登仙人山有仙山不屬分符客一任凌空錫杖飛

為問庭松尚西指不知老奘幾年歸 大唐新語玄奘法師西域取經以手摩靈巖寺松樹曰吾西去汝可西長若吾歸即東向使語弟子知之及去其枝年年西指長數丈一年忽東向弟子曰吾師歸矣乃迎之果後號為摩頂松

二

梅聖俞之客歐陽晦夫使工畫
庵已居其中一琴橫牀而已曹
方作詩四韻僕和之云

東坡以元符三年正月詔移
廉州四月移永州五月始被
移廉之命六月離儋耳七月
四日至廉三為歐陽晦夫賦
詩晦夫又以匹以求字為書
乳泉賦及跋梅聖俞詩藁以
簡與晦[illegible][illegible]箋行詩輒跋尾
四紙共六[illegible]百字軾再拜晦
文推[illegible][illegible][illegible][illegible][illegible]皆[illegible]為
[illegible][illegible][illegible][illegible][illegible][illegible]坳[illegible]刎示

寂寞王子猷回船剡溪路超遙戴安道雪夕誰與度文選顏延年秋胡詩超遙行人遠晉王徽之傳雪夜忽憶戴逵乘船詣之造門不前而反曰本乘興而行興盡而反何必見安道也徽之字子猷逵字安道杜子美懷鄭虔詩歲月誰與度

倒披王恭氅晉王恭傳披鶴氅裘涉雪而行

半掩袁安戶汝南先賢傳洛陽大雪袁安僵卧門無有行路

應調折絃琴賈島朝飢詩坐聞西床琴凍折兩三絃

肉

撚須句談苑唐盧延讓寄人詩去吟安一箇字撚斷數莖鬚

歐陽晦夫惠琴枕

中郎不眠仰看屋得此古椽圍尺竹漢蓋寬饒傳在許伯坐仰視屋而歎南史梁衡山侯恭傳謂元帝曰歷觀時人多有不好歡與乃仰眠床上看屋梁而著書千秋萬歲誰傳此者張騭文士傳蔡邕經會稽高遷亭見屋椽竹東間第六可以為笛取用果有異聲邕初平元年拜中郎將劉禹錫詩青松鬱成塢脩竹盈尺圍輪囷濩落非笛用漢鄒陽傳蟠木根柢輪囷離奇杜子美赴奉先縣[illegible]詩居然成濩落白首甘契闊剖作袖琴徵[illegible]

蛉足派傳幾[illegible]契[illegible]剖[illegible]栝[illegible]以[illegible]消新美

[illegible]史[illegible]滑[illegible]著[illegible]

列朝詩集[illegible] 六

漢曰別鵠商[illegible]聲自[illegible] [illegible]湯[illegible]組 陵牧子作 [illegible]所有一

七僧自四十夏以來[illegible]以熟而聲如鼓鼙 自茲均節許州伶人何山[illegible]寢即譜其聲接 之絲竹皆合古奏僧覺 亦不自知十餘年如此

留別廉守

編萑以苴豬墐塗以塗之禮記內則炮取豚若將刲之刲之實棗於其腹中編萑以苴之塗之以墐塗炮之注云謹當為墐小餅如嚼月中有酥與飴懸知合浦人長誦東坡詩好在真一酒為我醉宗資後漢黨錮汝南太守

資任功曹范滂郡謠曰汝南太守范孟博南陽宗資主畫諾

鉼笙 并引

庚辰八月二十八日劉幾仲餞飲東坡中觴聞笙簫聲杳杳若在雲霄間抑揚往返粗中音節徐而察之則出於雙鉼水火相得自然吟嘯蓋食頃廼已坐客驚歎得未曾有維摩經得未曾有請作一詩記之

孤松吟風細詠上歲令泠而[illegible]

風[illegible]蜀[illegible]

東之二黃

石禮

陂氏石鼎逢三壁之聲石渠

昌黎聯句序道士軒轅彌明與劉師服侯喜相過指鑪中石鼎賦詩彌明云時於蚯蚓竅微作蒼蠅鳴

鋏中宮商自相賡昭文無鼓亦無成

莊子齊物論有成與虧故昭氏之鼓琴也無成與虧故昭氏之不鼓琴也

東坡醉熟呼不醒但云作勞吾耳鳴

晉載記石勒為人耕聞鞞鐸之音以告其母母曰作勞耳鳴非不祥也

歐陽晦夫遺接䍦琴枕戲作此詩謝之

携兒過嶺今七年晚塗更著黎衣冠白

穿林要藤帽番禺雜編生黎人用藤織褁頭謂之麗顯子赤脚

渡水須花縵杜子美詩安得赤脚踏層冰西域記西域國人首冠花縵

身衣纓絡不愁故人驚絕倒晉衛玠傳王澄每聞玠言輒歎息絕

倒但使俚佮相恬安見君合浦如夢寐杜子

美羌村詩相對如夢寐挽須握手俱汍瀾杜子美詩問弟鏡挽

須文選江文通詩握手[illegible]一散漢乞火躬[illegible]絕倫[illegible]瀾妻縫接

羅霧縠細兒[illegible]

令意[illegible]

何勞西一聲

歌曰日夕知時時崩詩侍汝陰

六一老謂歐陽[illegible]公六一居士專侍退沐林穎水之上更號六一居士客有問曰六一何謂也居士曰藏書一萬卷集錄金石遺文一千卷有琴一張有棊一局而常置酒一壺以吾一翁老於五物之間是豈不為六一乎眉字

秀發如春巒唐元德秀傳字紫芝房琯曰見紫芝眉字使人名利之心都盡文選左太沖蜀都賦王褒暐曄而秀發羽衣鶴氅古仙伯杜子美詩諸公乃仙伯杖藜長松陰岌岌兩柱扶霜紈至今

畫像作此服凜如退之加渥丹毛詩顏渥丹

也哉爾來前輩皆鬼録杜子美詩前輩人埋沒何所得文諸葛孔明出師表爾來二十有一年矣略文帝與吳質書觀其姓名已為鬼録

我六帶脕巾欹寬作詩頗似六一語往往

六帶海翁酸謂梅聖俞也東坡題梅詩集後云先君與二文游時某與子由年甚少公獨深知之南遷過合浦見其門人歐陽晦夫出其詩藁數十幅云

次韻王鬱林

晩塗流落不堪言杜下之上明府窮海上春

浮手自劉漢　武傳武

鈴妝今　始以一宜

頌恒

作印時賣故漢之仏平

主殘年畫一主恩崎巳濡杜[illegible]夜老殘年西子美曲江詩者

射猛虎終殘年誤辱使君相拔拭漢朱浮傳爲司欲湔[illegible]恥拔拭

用禁寧聞老鶴更乘軒左傳閔公二年衛懿公好鶴鶴有乘軒者

藤州江下夜起對月贈邵道士

江月照我心江水洗我肝端如徑寸珠史記

田敬仲完世家徑寸之珠照車前後各十二乘者十枚墮此白玉盤

李太白詩小時不識月呼作白玉盤我心本如此寒山偈心似[illegible]

碧潭清皎潔月滿江不湍起舞者誰歟莫作人看李太白詩舉杯邀明月影成三人又我歌月裵回我舞影零亂

嶠南瘴毒地有此江月寒乃知天壤間史記魯仲連與燕將書名與天壤俱弊晉列女謝道韞傳豈意天壤之間復有王郎

何人不清去床頭有白酒白樂天贈吳丹詩南山入舍下酒甕在床頭盎若白露漙毛詩零露漙漙獨游還獨遲

楚辭屈原漁父章舉世皆濁我獨清衆人皆醉我獨醒[illegible]漫羅威知角歌長亨遺

漫何由至白司艮南月上[illegible]子罕

耶琴 一

余[illegible]

小[illegible]戲作此

詩元用名晴

昔與徐使君共賞錢塘春愛此小天竺時來中聖人三國志魏徐邈傳酒客以清者為聖人濁者為賢人文帝問顏中聖人否對曰時復中之松江遷客老文選江文通根賦遷容海上流戍隴陰酒似使君醇南史顏憲之傳為建[illegible]令甚得人和故都下酒者醇卮輒呼為顏建康謂其清且美焉繫舟藤城下弄月

江濱江月夜夜好雲山朝朝新陳後[illegible]璧月夜好瓊樹朝朝新

使君有令子北史高琳傳母夢[illegible]人謂曰必生令子

是石麒麟南史徐陵傳年數歲寶誌摩其頂曰天上石麒麟也我子

乃散材莊子人間世篇匠石見櫟社樹曰此散木也有如木輪

囷漢鄒陽傳蟠木根柢輪囷離奇而為萬乘之器者以左右先為之容也二

尤白接䍦杜子美詩與子成二老白山簡倒著白接䍦兩部鳥

[illegible]柳子[illegible]為[illegible]一部[illegible]郎[illegible]里

[illegible]郎杉

選詳

色映[?]盃霜鬚　金作[?]香雪李松文直江文

通別賦謝王人兮依然　朝行[?]淸催收[?]　[?]今浦在[?]縣杜子美

南鄰詩園收芋栗不全貧　夜渡繩橋看伏龍　繩橋在灌口有伏龍

觀杜子美入奏行運粮繩橋壯士喜李太白泛皮船兮渡繩橋　莫歎倦遊

無駟馬　漢司馬相如傳長卿故倦遊又華陽國志載相如題昇仙橋云不乘赤車駟馬不復過此于定國傳高大門閭令容駟馬高蓋車　要將老[illegible]

敵千鍾　史記魏世家魏成子祿食千鍾　子雲三世惟身

漢楊雄傳字子雲蜀郡成都人也歷成哀平三世不徙官為向西南

病容

送邵道士彥肅還都嶠洞天福地記第二十都嶠山洞周回一百八十里名寶玄之天在容州

乞得紛紛擾擾身文選宋玉神女賦紛紛擾擾未知何意結

茆都嶠與仙鄰步泝寫瀉愁顏未好老不求

[illegible]語益直 [illegible]文[illegible]字泯[illegible]母[illegible]萬傳公[illegible]

梁氏

栢門十

萬劫 日而……偈一……歷錄……子和……更……偈一句……頭語嘗

劫輕驢然廣實志十約謂韋子威曰蘇富弃俗尚隅兩更儒謂之世釋滑之劫道謂之塵

書韓幹二馬

赤髯碧眼老鮮卑 後漢鮮卑傳東胡之支也別依鮮卑山故因號焉晉明帝紀乘巴滇駿馬微行至于湖陰察王敦營壘敦晝寢驚起曰此必黃鬚鮮卑奴來也

回策如縈獨善騎 晉王湛傳兄子濟有從馬絕難乘

騎此馬姿容既妙回策赭白紫騮俱絕
如縈善騎者無以過之
文選顏延年赭白馬賦乘輿赭白李太[illegible]
紫騮馬詩紫騮行且嘶雙翻碧玉蹄漢[illegible]
成傳李延年歌曰北方馬中岳湛有妍姿
有佳人絕世而獨立
晉夏侯湛傳美容觀每與潘岳同輿接茵
人謂之連璧白樂天上崔中丞詩提携增
善價拂拭
長妍姿

將至廣州用過韻寄邁迨[illegible]

鼓天遣出[illegible]兒子皮

肖部

△久子病　一寸一粒　……三……
　　　　　　　　　　　　晉知伯

將伐公齊高彊曰三折肱知為良醫唯伐君為不可小兒耕且養漢衛
禰衡傳大兒孔文舉小兒楊德祖揚子古之學者耕且養得暇為書綆
我亦因詩酒杜子美詩吳遺詩酒汙何事忝簪裾去道愈差
渺紛紛何時定漢陳平傳天下紛紛何時定乎所至皆可
老莫學柳儀曹詩書教誑猿唐柳宗元自禮部員
郎坐貶後徙柳州刺史南方為進士者
數千里以宗元為師經指授者為文

於人偽而晚聞大道也

平生誤信書孟子盡信書[illegible]如無書柳子詩信書成自誤經事漸知非風濤驚夜半疾病送災人

賴有蕭夫子唐蕭穎士傳人稱為蕭夫子幽懷得少攄

心閑詩自放筆老語翻疎贈我皆強韻南史王筠傳為詩能用強韻知君得異書袁山松漢書王朗為會稽守還許下時人稱其才進曰不見異人當得異書抱朴子時人疑蔡邕得異書搜其帳中果得王充所作論衡

[illegible]定論語長沮桀溺耦而耕孔子過之

子路問[illegible]

[illegible]

妙小
可憶

跋

徐熙杏花 徐熙鍾 後人

月啟書

江左風流王謝家南史王儉傳江左風流宰相唯有謝安杜子美壯遊詩王謝風流遠盡攜書畫到天涯却因梅雨丹青暗洗出徐熙落墨花圖畫見聞志徐熙意出古今徐鉉云落墨為格雜彩副之迹與色不相隱映也沈存中筆談國初江南布衣徐熙善畫以墨筆畫之殊草草略施丹粉神氣迫別有生動之意梁元帝纂要梅熟而雨

有法亦莫惠、登陟谿山有何好安居與我

閉户淨洒掃論語小子當洒掃

贈鄭清叟秀才

風濤戳扶胥韓退之南海廟碑廟在今廣州治之東南海道八十里扶胥之口黃木之灣又寄元十八詩乘潮簸扶胥近岸指一髮海賊橫泥

予胡為犯二怖傳以一笑喜閒君奚所欲

欲談仁義[illegible]

[illegible]一仕祀

□之傳嘗

華之滑净

少空

和孫叔靜兄弟李端叔唱和

孫叔靜名蘷錢塘人徙江都年十九遊太學老蘇先生亟稱之哲宗擢提舉廣東常平東坡居惠州極意與周旋二子娶晁無咎黃魯直女黨事起家人危之叔靜一無所顧平生篤於行義君子人也徽時與蔡京善察其人常□蔡子貴人也然才多而德志大而行不副若不能[illegible]

恐詒天下憂京還朝遇京曰我若用顥助我叔靜

公能以正論輔人主節以先百吏而絕口不言兵[illegible]

何為者京默然後卒如其言仕為太僕卿殿中少監以顯

謨閣待制知曹州單州靖康二年卒年八十六謚通靖

病骨瘦欲折李賀示弟詩病骨猶能在孟郊秋懷詩病骨可剸物杜子美簡諸子詩杜陵野老骨欲折

霜鬚鬢更踈喜聞新國政

頗得故人美詩岑嘉州與書[illegible]書 東[illegible]真

如夢杜甫

擬懷古詩主

庶　二夫　韻旨　復知卷

之二首

生還粗勝虞 杜子美詩生還對童稚三國志吳虞翻傳徙交州在南十餘年卒

蚤退不如踈 漢踈廣傳與兄子受並為太子師傅在位五歲廣謂受曰吾聞知足不辱知止不殆今官成名立如此不去懼有後悔豈如父子相隨出關歸老故鄉以壽命終不亦善乎受叩頭曰從大人議即日俱移病乞骸骨上皆許之

垂死初聞道 論語朝聞道夕死可莊子漁父篇子之早

梅雨

趙昌四季 圖畫見聞志云趙昌廣漢人工畫花果

芍藥

倚竹佳人翠袖長天寒猶著薄羅裳 杜子美佳人詩天寒翠袖薄日暮倚脩竹

揚州近日紅千葉自是風流時世粧 因話錄崔樞夫人治家整肅貴賤皆不許時世粧白樂天時世粧歌時世自城中傳

曾[illegible]山五[illegible]人[illegible]山岳[illegible]

歸路近劍南樵古[illegible]滄丹 [illegible]蜀公來壽詩趙昌汝州人邑

自稱劍南樵人

寒菊

輕肌弱骨散幽葩 西京雜記趙昭儀弱骨豐肌尤工語笑 真是青裙兩髻丫 歐陽公詩小婢立我前赤脚兩髻丫 便有佳名配黃菊 韓退之木芙蓉詩佳名偶自同 應緣霜後苦無花

山茶

遊蜂掠盡粉絲黃落蘂猶收蜜露香待得春風幾枝在年来殺菽有飛霜左傳定公元年冬十月隕霜殺菽

和黃秀才鑒空閣

明月本自明無心孰為境柳子厚禪室詩心境本同如鳥飛無遺跡挂空如水鑒文[illegible]翁希逸月賦云[illegible]凝國靈以虎[illegible]

山[illegible]

蛇丹 述記 縣神州

其外天地之際爲 八錄表孝标述田 得書云每受命開 幅累仕皆驗最後

一幅畫蛇蟠 鏡中而已 空水兩無質相照但耿耿安

云桂兔蟇俗說皆可屏 梁庾肩吾望月詩 星流時入暈桂長

欲侵軨五經通義月中有兔與蟾蜍月陰
也蟾蜍陽也而與兔並明陰係陽也史記
龜策傳日爲德而君於天下辱於三足之
烏月爲刑而相佐見食於蝦蟇酉陽雜俎
舊傳月中有桂有兔故異書言月桂高五
百文下有一人常斫之長慶中有人八月
十五夜覷月光屬於林中如匹布尋視
見一金背蝦蟇疑是月中者張衡靈憲

月者陰精之宗積而成獸象兎見後漢天文志注我遊鑒空闊月正淒冷韓退之詩缺月煩屢瞰黃子寒無衣漢司馬遷傳習道論於黃子史記范睢傳徽行敝衣見須賈賈曰范叔一寒如此哉對月句愈警借君方諸淚淮南子陽燧見日燁而為火方諸見月津而為水一沐管城穎韓退之毛穎傳秦皇帝使蒙恬賜之湯沐而封諸管城號管城子誰言小叢林大莊嚴論如是衆僧者乃勝智之叢林一切諸善行運集在其中清[illegible]冠五嶺裴氏廣州記七使始[illegible][illegible]生揭陽是[illegible]遠

高

神工妙技帝所收 丙者下意七言之法以技貴世越俗

都曹韓逝莫留 杜子美曹將軍畫馬引國初已來畫鞍馬神妙獨數江都王將軍得名三十載人間又見真乘黃又丹青引弟子韓幹早入室亦能畫馬窮殊相文選曹子建贈王粲詩義和逝不留

人間畫馬唯韋侯

當年為誰掃驊騮至今霜蹄踏長楸 杜子美韋偃畫馬歌韋侯別我有所適知我憐君畫無敵戲拈禿筆掃驊騮欻見騏驎出東壁一匹齕草一匹嘶坐看千里當霜蹄又曹將軍畫馬引猶蹄蹴踏長楸間

圖

困臥沙壠頭周易圉師掌教圉人養馬沙苑茫茫蔟

秋風騣霧鬣寒颷颷柳子厚龍城録寧王善畫馬滾塵圖內王

面花驄風騣霧鬣信偉如也龍種尚與駑駘遊杜子美李鄠縣

胡馬行一聞説盡急難材轉益愁向駑駘輩始知神龍別有種不比俗馬空多肉

長稭短豆豈我羞八鑾六轡非馬謀毛詩釆芑

八鸞鏘鏘毛詩我馬惟駒六轡如濡古来西山與東丘揚子西山

之餓夫與東國之盜臣惡乎聞

題靈峰

十有一 歲樂共

衆妙堂

先生有記云眉山道士張簡易教小學常百人予謫居南海一日夢至其處見其徒誦老子曰玄之又玄衆妙之門余曰妙一而已容可衆乎道士笑曰一已陋矣何妙之有若審妙也雖衆可也

湛然無觀古真人莊子大宗師篇古之真人不知悅生不知惡死

我獨觀此衆妙門夫物芸芸各歸根衆

得一道乃存老子玄之又玄衆妙之門又夫物芸芸各歸其根

人晨起開東軒趺坐一醉扶桑暾大毗婆沙論結跏趺坐是相圓滿楚辭暾將出兮東方照吾檻兮扶桑餘光照我玻瓈盆史記甘茂傳可分我餘光韓退之陸渾山火詩谽呀鉅壑頗黎盆倒射窻几清而溫欲收月魄飡日魂我自日月誰使吞黃庭內景經出日月呼吸存注云日月者陰陽之精也左出右入身有陰陽之氣以象天地出爲呼入爲吸呼吸之間心丹之又上清紫書云

日[illegible]法呪曰日

館[illegible]月[illegible]發

作[illegible]小妹 潛溪太守也 [illegible]之[illegible]上謁馮君

小馮君去 呼兒淨洗[illegible]硯爲子賡歌墮月湖 尚書乃賡載歌

聞道牂江空抱珥 漢西南夷傳蜀構醬道西北牂牁江江廣數里出番禺城下東坡云南詔有西珥河即古牂牁江也河形如月抱珥故名西珥漢天文志虫蜺抱珥

年來合浦自還珠 後漢孟嘗傳合浦郡海出珠寶先時宰守貪穢珠漸徙於交趾郡界嘗為太守革易前敝去珠復還

請君多釀蓮花酒準擬王喬下舄鳧 後漢王喬傳每詣臺朝輒有雙鳧飛來舉羅張之得一隻舄乃尚方所賜尚書官屬履也

次韻鄭介夫二首

鄭介夫名俠福清人少為王安石所知秉政問以所聞介夫曰青苗免役保甲數事與邊鄙用兵在俠心不能無區區安石不答以書言之不聽而數使其子雱與其客諭意欲用之介夫曰果欲援俠而成就取所獻利民便物之事行其一二使進而無愧不而善乎是[illegible]用熙寧六年秋不雨至[illegible]之[illegible]月人無生意介夫[illegible]監安上門[illegible]年老將[illegible]

熙元
任陛下不雨如耶
乞新法……正欺君之罪……衛
神宗反覆觀圖長吁數四袖
以入是夕寢不能寐翌日命
體放免行錢察市易發常平
具熙河所用兵諸路上民物
流離之故青苗免役權息追
呼九十有八事下詔責躬民
間懽呼相賀越三日大雨遠
近霑洽輔臣入賀帝示以
所進圖狀且責之安石上章
求去呂惠卿鄧綰言於帝
曰　陛下美政用狂夫之言
罷廢殆盡相與環泣於前
是新法一切如故介夫復

書指切惠卿惠卿奏為
編管汀州又追還對獄惠
欲置之大辟帝曰俠所
非為身也忠誠亦可嘉豈
深罪但徙英州哲宗立蘇
子由為諫官為言介夫流放
十年妻經大赦終不得牽復
父日益老而俠無還期有志
之士為之涕泣由是始得歸
東坡與孫覺又表言其略曰
今朝廷復舊官而俠終不赴
吏部考其終始出處之大節
合於古之君子我身成仁雖
進易退[illegible]識其不少加[illegible]罪
則恐[illegible]然江[illegible]不返
乃以[illegible]藝[illegible]初冊
[illegible]官

九命

興初不郎亡京城

南遷如謫介夫此歸至英介

夫在焉其二詩嘉定六什賜謚介

一落泥塗迹愈深左傳趙孟謂其縣大夫曰吾子辱在泥塗久矣武之罪也

尺薪如桂米如金戰國策蘇秦謂楚王曰國之食貴於玉薪貴於桂

長庚到曉空陪月韓退之東方未明詩東方未明大星沒獨有太白配殘月

太歲今年合守心後漢郎顗傳孝經鉤命決曰歲星守心年穀豐注云歲星守心為重華故年豐也云云

相與齧氈持漢節漢蘇武傳在匈奴杖漢節牧羊卧齧雪并旃毛咽之

何

振發出商音 劉向新序原憲曳杖拖屣歌商頌聲滿天地如出金石

孤雲倦鳥空來往 陶淵明歸去來辭雲無心而出岫鳥倦飛而知還

自要閑飛不作霖 尚書高宗命說曰若歲大旱用汝作霖雨

一生憂患萃殘年心似驚蠶未易眠海上偶來期汗漫 神仙傳若士謂盧敖曰吾與汗漫期於九垓之外

葦間猶得見延緣 莊子漁父舉剡船而去延緣葦間

良醫自要經三折 左傳定公十三年齊高彊曰三折肱知為良醫

老將猶妨敗兩甄 晉周訪率擊滅率杜曾使李恒督左甄許朝督右甄訪自領中

軍令一……鳴六 鼓皆旦……兩……文

嗚奔走逐大漭々一取隅收

之桑榆真誥紫微曰火棗交梨之樹已八謝詩君心中矣祝君

眉壽似增川毛詩為春酒以介眉壽又如川之方至以莫不增

註東坡先生詩卷第三十八

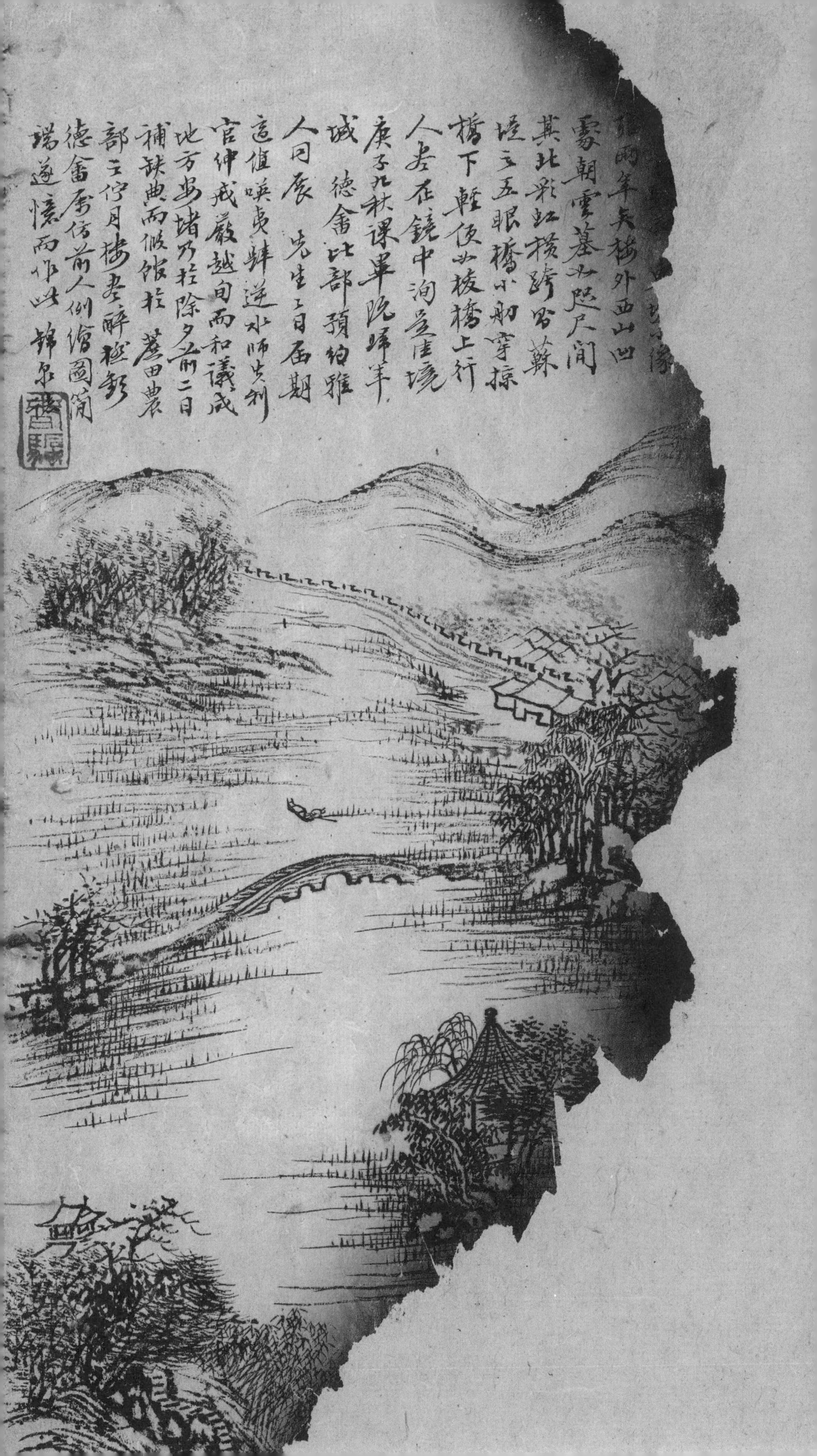
霧朝雲暮如咫尺間
其北彩虹橫跨吳蘇
堤之五眼橋小船穿掠
橋下輕便如梭橋上行
人如在鏡中洵是佳境
庚子九秋課畢既歸羊
城 德翁比部預約雅
人同展 先生上日屆期
適值嘆夷肆逆水師失利
官紳戒嚴越日而和議成
地方安堵乃於除夕前二日
補缺典而假館於 蓮田農
部之停月樓妻醉極歡
德翁屬仿前人例繪圖簡
端遂憶而作此 錦泉

維持賢主人則潘德畬比部客則馮雲陸
古僕鮑逸卿比部陳棠谿儀部金醴香中
葉蘿田農部與錦道符竹林主政
道光庚子臘杪龍桐山人潘錦泉又識

心蘊室叢刊之一　註東坡先生詩

宋蘇軾撰文　施元之顧禧施宿合註

宋嘉定六年淮東倉司刊本

國家圖書館曾淑賢館長

大塊文化郝明義董事長

共同出版發行

卷四十一為藏書家章力先生授權印製